U0626957

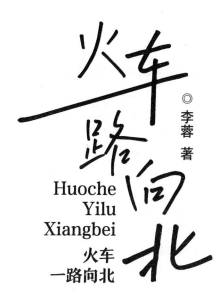

◎李蓉 著

Huoche
Yilu
Xiangbei

**火车
一路向北**

南方出版社

图书在版编目（CIP）数据

火车一路向北 / 李蓉著. -- 海口 ：南方出版社，
2024. 9. -- ISBN 978-7-5501-9184-6

Ⅰ．I227

中国国家版本馆CIP数据核字第202407CY62号

火车一路向北
HUO CHE YI LU XIANG BEI

作　　者　李　蓉
责任编辑　白　娜
策　　划　泥流文化传媒
整体设计　建明文化
出版发行　南方出版社
经　　销　新华书店
印　　刷　河北赛文印刷有限公司
开　　本　880mm×1230mm 1/32
字　　数　86千字
印　　张　8.25
版　　次　2024年9月第1版
印　　次　2024年9月第1次印刷
定　　价　49.00元

人诗互补的疗愈和滋养

——读李蓉诗集《火车一路向北》

杨碧薇

（诗人、批评家）

　　宁夏诗人李蓉，习诗五年，即将出版处女诗集《火车一路向北》。在我看来，能在短短时间内取得这样的成绩，是很值得庆贺的。我平时与朋友们谈论诗歌，一般以"十年"为时间单位。这首先是因为，诗歌的丰富玄妙大于我们每一个人。初学者刚叩响诗歌之门时，常常会有眼花缭乱、找不到北之感，有人甚至会发出疑问："我写的这些文字算是'诗'吗？"接下来，就是漫长的摸索期。既然说不清"诗"是什么，有人索性靠直觉写作，不管它是啥，先写下再说；有人会寻找模仿对象，在借鉴他人经验的同时，也丢掉自己的辨识度；还有人内外兼顾，一边挖掘自己，一边向外学习。

严苛点说，不管选择什么样的写作路径，差不多要十年左右，大部分人才会渐渐摸到一点诗的门道，算是入门了。其次是因为，"十年"也是一个淘汰单位，有的人别说是十年，连三五年都坚持不下，就草率地放弃了诗歌写作。因此，以十年为节点，我们对当代诗歌的发展变化会看得更清楚；近年来哪些人浮出水面了，哪些人被淘汰了，也一目了然。回到李蓉的诗歌上。李蓉从2019年开始写诗，五年时间里笔耕不辍，创作颇丰。更可喜的是，勤奋书写没有白费，她快速地摸到了诗歌这一文体的某些门道，写出了一批像样的、扎实的作品，跨进了专业写作的门槛。可见，她在诗歌上是颇有些悟性的。

一些小诗即为明证。以《苦苦菜》为例，诗人如是写：

这倔强之物

在野地

一茬一茬生长

切割的刀口溢出奶白色的汁液

伤口不治而愈

终其一生

练就一身苦计——

清热解毒、活血化瘀、杀菌消炎、降三高……

一时，它登上大雅之堂

成了香饽饽

中年之后，我也成为

手持铲刀之人

　　这首诗有着不错的完成度，结构完整，抒情克制。第一段状物，用"一茬一茬生长"、"奶白色的汁液"、"一身苦计"传神地勾勒出苦苦菜的特征，笔触简洁、明朗、顺滑。第二段只有短短两句，却是全诗的重心所在——状物不是诗人的目的，这两句通过写人与物的关系，来烘托、强调人的主体性。正因为苦苦菜能"清热解毒、活血化瘀、杀菌消炎、降三高"，符合"我"的需要，"我"才会成为"手持铲刀之人"。由此，在"我"和"这倔强之物"中间，又暗含了一层紧张的关系；"铲刀"意象的出现，加剧了紧张感，令原本平铺直叙的讲述有了起伏，甚至有了惊险。而起伏和惊险，正是诗所需要的品质，正如袁枚所说"文似看山不喜平"。况且，这两句还有些奇趣，如苏轼所言"诗以奇趣为宗，反常合道为趣"，读毕全诗，再回味起来，起承转合，就更有意思了。

类似的小诗还有《病中吟》《默契》《拾荒者》等，它们集中呈现了李蓉诗歌的主要特征：完成度高，结构缜密，擅长观察细小事物及抓取场景，以抒情为基底却在表达上追求收敛，叙述的简洁与诗意的延展并行不悖。接下来，我们就一一分析。

《病中吟》再次写到了"刀"。全诗从窗外的雪开始，慢慢转向"头部、颈椎、腰腿"的疼痛，最后说"她顺从了季节/逐渐蜷曲成一枚枯叶/身体里的刀斧也蜷曲起来"。李蓉诗里多次出现的"刀"，通常与身体，尤其是身体的疾病有关；"刀"的功能在于放大痛感，提示"身体"这一主题的紧迫性。《默契》《拾荒者》都在抓取场景，而且是有人出现的场景。在《默契》中，正在劳作的妇人有"一件褪色的红色外套/披挂在春天的树枝上"；《拾荒者》中，拾荒者"像附在垃圾桶上的一只灰鼠"。有意思的是，这些人物都是女性。李蓉的诗歌语调其实偏中性，乍一看，很难分辨出性别，但她观察世界的眼光蕴含着女性的细腻与柔软：她笔下常常出现一些小事物，如摆钟、小野菊、仙人掌、落叶、流浪狗等。在观察小事物时，她没有让人凌驾于物之上，而是采用平视的眼光，用心，用情，捕捉到低处的美好。她写春天，"一只野兔跃入我们的视野/像一个突兀的动词"（《不要试图向春天索取什么》）；写萝卜，"而更多的花蕾攥紧小拳头/敲打着人间"（《一根怀揣梦想的萝卜》）；写河畔，"那些低伏的小花：/蕨麻、苍耳、百里香、银露梅、野决明/它们是你我/在人间的样子"（《溯源清水河》）……平视的视角，平等的态度，必然出自一颗谦卑之心。这样的书写，也让我们领略到李蓉诗里的人情味。在汉语新诗的百年历史中，智性是一脉重要的诗学主张，目的是将感性与思辨相统一，从而为新诗注入更多的经验，创造出全新的审美体验。但一些诗人显然走向了另一个极端，诗里只有智性，没有人情味。对此，敬文东提出了"新诗唯脑论"，并发出质疑：新诗是该"唯脑"，还是该"唯心"？这一问题，值得每一位当代的诗歌写作者深思。

说到人情味，就不得不提李蓉的亲情诗。这本诗集里，有相当一部分数量可观的诗是关于亲人、家庭的，尤其是关于父亲。实际上，李蓉之所以走上诗歌道路，正是出于失去亲人的痛苦。父亲猝然离世后，是诗歌给予她安慰，她的第一首诗就是《父亲》。每个人与诗歌结缘的契机不尽相同，对李蓉而言，这个契机是痛苦："一棵缄默的枣树/捂着刺尖上的痛"（《一棵枣树》）。痛苦决定了她的诗有情要抒，不得不抒，诗歌于她首先是一种宣泄；痛苦也决定了她与诗歌的关系紧密、牢固而纯正，她的生命需要诗、召唤诗，她要与诗同呼吸、共命运。从这个角度来说，李蓉又是幸运的，她与诗歌始终在相互滋养。一方面，诗歌让她能够正视人间的悲欢离合、生老病死，"我突然对曾经深深惧怕过的死亡/充满了/前所未有的信心"（《一则新闻》）。她呼唤诗歌，就是为了寻找生命和生活的本质性答案。由此，我们不难理解，为何她笔下会出现一些总结式的论断，如"我不再轻易悲伤/生活教会我更多，就像当年它教会你一样"（《清明，写给父亲》），又如"到了一定的年纪/生命将是一场回归"（《中年书》）。论断说明想清楚了，被滋养了——在诗歌中获得充分滋养的人，才能平心静气地说出"大海广大无边，像一种隐喻/它涵盖/生活的全部真相"（《电影〈海上钢琴师〉》）。另一方面，她也把自己最真诚、质朴、性灵的一面给了诗歌。在诗里，她始终真实地袒露情绪和记忆，表达对万物和生活的见解，不断精进诗艺。对此，她有言：

我要感谢生命中那些迟来的遇见和馈赠
在这个猛烈加速的时代
依然有我热爱的诗歌，安放爱与疼痛
孤独与狂喜
（《我无法在一首诗里完成自己》）

诗歌像药一样，具有疗愈作用，不仅化解了李蓉的痛苦，还带领她走向更通透、健康的人生状态。因为诗，她走出小我，在《黄河村手记》里，大胆尝试现实主义题材的叙事诗写作。而从那些关于旅行和电影的诗里，我们还可以看出，诗歌书写是李蓉整合经验的一种方式，让她的精神世界更充盈自如。她有一首小诗《你瞧！》，"黑夜，并不孤寂/天上有繁星/人间有灯火"。短短三句，自然松弛，有律动，有空间。能写出这种状态，是诗人不懈努力的结果。对于李蓉的努力，诗的回馈，则是让她成为更完整的人；通过诗，她获得了无功利的自洽与自证。这种状态，不知该让多少所谓的诗人羡慕！

五年只是一个开始，一个准备。李蓉的诗歌还包蕴着无限的可能。比如，在完成度的基础上，该如何凸显个人性，让诗歌显得更有特色；再如，关于叙事诗，她还可以在结构和语言上多加钻研。如果只是为了叙事，那么散文、小说都可以承担这一功能。而诗的叙事，还要含情，要切合诗的文体特征，有时抛开线性讲述，尝试跳跃也未尝不可。"像歧义的生活出现了意外"（《湖水，有你不懂的悲伤》），我期待着李蓉能在诗歌道路上继续前行，用更加精妙、深邃的语言，更加熟练、复杂的修辞，为我们带来更多美丽的"意外"。

2024-9-15 北京

目 录

第一辑 时间的嘀嗒声，永不停歇

第二辑　不要试图向春天索取什么

第三辑　一面墙接纳了我的战栗

第四辑　火车一路向北

第五辑　我无法在一首诗里完成自己

时间的嘀嗒声，永不停歇

第一辑

摆钟

入睡时，我才能听见堂屋的摆钟

发出嘀嗒嘀嗒的声响

隔段时间，须要拧紧它的发条

我以为自己永远不会长大

摆钟会一直讲述外祖母的故事

现在，摆钟和它羁押的时间

已不知所踪

只有我，还一次次，在回忆的河流里

与外祖母重逢

我和外祖母，我们命运的摆钟

被一只无形的手，慢慢地拆解

而时间的嘀嗒声，永不停歇

苦苦菜

这倔强之物

在野地

一茬一茬生长

切割的刀口溢出奶白色的汁液

伤口不治而愈

终其一生

练就一身苦计——

清热解毒、活血化瘀、杀菌消炎、降三高……

一时，它登上大雅之堂

成了香饽饽

中年之后，我也成为

手持铲刀之人

林中小野菊

在一丛枯叶衰草中

歪歪扭扭地

伸出一株紫色的小野菊

寂寂的丛林，它没有同伴

看起来那么弱小、孤单

既不愿与落叶同流

也不愿与枯枝为伍

静默在草丛，栉风沐雨

一定是我的脚步声惊动了它

阳光下，它递来一张明媚的

渴望被认识的笑脸

落叶颂

我从未在意过一枚落叶

在意它从生到死

离开枝头

滑向地面的感受

直到我无意捡起脚边的一枚

阳光下，金黄的叶片像塑封过一样

透着令人眩晕的美

叶片上密密麻麻的小彩斑

让我想起

一张饱经风霜、迷人的脸

起风了，大片叶子纷纷落下

现在，它们自由了

人间的早餐

远山的碗沿

缓缓端出一枚冒着热气的荷包蛋

那是上帝

盛给人间的早餐

你瞧!

黑夜，并不孤寂

天上有繁星

人间有灯火

苹果

立冬后，大哥从乡下送来两箱

灰头土脸的苹果

它们的样子实在不敢恭维：

有的被虫蛀了

有的被鸟啄了

有的伤痕累累

有的一脸雀斑

……

它们风尘仆仆赶来，仿佛只是为了证明：

纵然被生活之手千般雕琢

一样可以

浸满甜汁

红掌花开

室内一盆疏于照料的红掌

又开花了

稀疏的绿叶中

缓缓伸出一只红艳的手掌

小心翼翼

举着米黄的花烛

腊质的光泽近于失真

佛焰苞里燃亮的灯火

数月未熄

阒然送来

不为人知的禅语

被遗弃的仙人掌

搬家时，一盆仙人掌被遗弃在地下室

两年后药敷才想起它

从地下室搬出时，它灰头土脸

干瘪、沮丧

我悉心为它冲洗、浇水

不多时日，它已换了一副面孔：

精神饱满地挺立在阳台一角

卵形手掌顶端

横七竖八伸出许多浅绿色小手掌

上面布满毛茸茸的刺

阳光下，它露出感激般的微笑

面对一株卑小的生命

原谅我，还没有学会在人世

表达愧疚之情

仿佛，让它获得新生

是一种恩赐

牵牛花

为了把紫色的喇叭

举向天空

它们挽着地埂边的玉米杆

努力向上攀爬

然而，那些粗壮的茎干业已发黄

危险正一步步逼近

无需多日

收获的镰刀

将连同那些缠绕的枝枝蔓蔓

一并扫荡

但，并不影响它们

此刻享受人世的安宁与平静

一棵枣树

院门口的枣树

在一场接一场秋风里

佝偻的身子

又向下弯了弯

在接受棍棒的轮番敲打后

叶子纷纷坠落

一起落下的，还有红通通的枣子

一棵缄默的枣树

捂着刺尖上的痛

独自走进深冬

"一棵树的秘密

不会轻易袒露给一个人"

雪

落在我这里的雪与落在你那里的雪是一样的

落在城市的雪与落在乡下田埂、沟壑里的雪是

一样的

落在白天的雪与落在夜晚的雪是一样的

落在隋唐的雪与落在21世纪的雪是一样的

雪恒古不变，只有来处

无权选择去向

这来自天堂的圣洁之物

奉了神的旨意

用洁白之身

把人间的黑一再抹白

描摹

此时，天地一色

大自然这位神秘的画师

正用无形之手，描摹

愈来愈多的白

从天空中泼溅、晕染——

远山、房屋、道路、树木

一幅湿漉漉的雪景图

徐徐铺陈开来

万物正待消解……

她被纷扬的雪花，簇拥着

融入画中

时间之雪，正在到来

病中吟

窗外，一场雪事掩盖了另一场

黑夜驱赶着白昼

新年正在奔突的路上

床上扔着一具陈旧的病体

疼痛见缝插针

头部、颈椎、腰腿

一齐遭遇突袭

那疼痛像一把钝重的铁锤

不断击打着

斑驳漏风的船体

她顺从了季节

逐渐蜷曲成一枚枯叶

身体里的刀斧也蜷曲起来

七月

让我不忍直视的

是田地里那些挣扎的生命

在持续数日高温下

仍用蜷曲的手臂表达内心的绿

我的农民朋友曹兵

在一个叫麦地岔的小村庄

每天用分行文字替它们呻吟

透过那些文字和图片，我似乎看到他

越来越枯涸的眼底

盛满绝望与颓败

整个七月，一个蛰伏已久的声音

在西北大地的胸腔

滚动，崩裂

不得不承认，我也是大地上

一株卑小的生命

同样经历

险象环生的命运

九月

远山苍茫

天空泪眼婆娑

草木在秋雨中加速褪色

马路上车辆疾驰

发出低低的呜呜

我隐匿在一幢楼的小方格

有着与草木相似的神情

我羡慕它们，来年还会发出新绿

而我，只能把一副用旧的皮囊

小心翼翼

小心翼翼地

叠放一隅

错觉

清晨，驱车朝着东岳山的方向

驶往乡村

太阳红彤彤的脸儿

在车窗外一闪一闪

像个顽皮的孩子

不远不近地追随着车子

傍晚时分，车子蜿蜒在乡村道路上

远远看见

一轮浑圆的落日

颠簸起伏

一路奔跑一路欢欣

像是为回家的游子营造

金色殿堂

蓦然，一种蓬勃的力量

让我产生

恍如晨曦的错觉

对视与凝望

深秋，田野呈现空旷之美

衰草上的露珠还沉浸在梦中

一大片平展的黄土地

托着一轮金红的朝阳

渠边的白杨，在微风中交谈

当我穿越身后一间农舍

向西望去——

电线上晾着一轮小而清冷的圆月

与那轮红日默默对视

那饱含深情的凝望

多么令人伤感

我持久地　伫立在

两束微光之间

提心吊胆的下午

整个下午，一只蚂蚁都在

搬运一具大于它身体三倍的甲虫尸体

前进，倒退，拖拽

爬上去又滚下来

周围没有同伴可以求助

我担心它的徒劳

担心它迷失家的方向

担心它被脚板踩踏、车轮碾压

但它全然不顾，一门心思地不停搬运

整个下午

我无所事事

为一只蚂蚁悬着一颗无处着落的心

邂逅

古雁岭的一条小径上

我与一棵小树的影子相逢

两个影子慢慢地靠近

就像如约而至的两个人

紧紧依偎

跨年之夜

电视机声音被一再调大
让跨年盛典的喜庆带她
进入新年的氛围

但是，有种落寞倏然笼罩了她
原谅吧，一个念旧之人
还不懂得与旧时光告别

容许她，在时间的缝隙
一遍遍，精心打捞自己
打捞那些落入深井的时光
和遗漏在生活中的残渣碎片

今夜，没有酒精混入血液
没有爱人相拥
她用睡眠的方式
扼杀了自己

一场雪还没有来

当土地交出最后的江山
金黄是一个王朝特有的颜色
雉鸡像时代的子民，早出晚归
在收割后的玉米地觅食
偶尔发出沉闷的叫声

它们锻造出草木一样的外衣
隐匿在枯枝败叶中
我听到狩猎者说
"如果一场大雪来临
它们将无处藏身"
这是一场雪里暗藏的杀机

现在，来自天堂的雪
并没有亲临人间
我孤悬一颗
悲悯之心

电锯切割着我的身体

呜——呜——呜

呜呜——呜呜呜

楼上的电锯尖叫着

一会儿剧烈

一会儿平缓

它无视我的存在或者

把我视为饕餮盛宴

可以想象，它张开嘴巴

伸出尖利的牙齿

滋滋　滋滋

我的头部、脖颈、腹腔、四肢

——遭遇突袭

我相信，那是灵魂在战栗

哦！上帝

如何把这具支离破碎的身体

从生活的锯齿下抽离

新年断想

今夜，落于纸上的无非是

告别2021

辞旧迎新之类的句子

生活的残章断片

已无力拼接逝去的一年

甚至凑不足一个春天

日子一如既往

枯枝上，残雪还在怀旧

而我无力阻止内心的兵荒马乱

新的一年，有人为你种下蛊

种下罂粟

种下欲望的毒

老去的村庄

她骨瘦如柴

弱得听不到鼻息

像被人一一剥落

就这么赤裸着暗黄的肌肤

迎接孩子们的到来

我试图在曾经戏耍过的角角落落

重拾童年的记忆

然而，令我大失所望——

磨坊、羊圈、草棚、鸡窝、水窖

已没有样貌

我们居住过的小院

一把生锈的铁锁

锁住了所有过往

唯有门前那棵老榆

执着守望

暮色

两孔窑洞

一条黑狗

一位迟暮的老人

光秃秃的山坡下

白色的羊群缓缓移动

移民搬迁

已将这个村庄废弃

大片柠条和杏树在这里繁衍生息

他是村里唯一留下来的人

暮色里

他站成一棵树

将根扎进这片土里

萤火虫之光

道路蜿蜒，被薄雪覆盖

我们驱车来到一个群山环抱的村子

偌大的学校

摇摇晃晃走动着

一个先天智障的学生

白发苍苍的校长是他唯一的老师

在校园里，校长夫妇与孩子

他们更像是祖孙

在这个叫刘沟的村子

我看到，一群扑闪的萤火虫

企图用微弱的光

擦亮黑夜

一根怀揣梦想的萝卜

一根被生活之手生生拽出的萝卜

还能怎样？

不过是静静地等待一把

"雪亮的，充满渴意的刀子"

然而，在这漫长的等待中

命运潜藏着无限可能性——

比如，这根被遗忘在角落里的青萝卜

在经历了一段时间的困惑、萎顿后

从一个破旧的塑料袋中挤出脑袋

不久，新生的茎叶铆足了劲向上攀爬

在这个被民工废弃的仓库一隅

它站了起来

暖阳下，朵朵紫色的小花

像跃跃欲试的梦想

而更多的花蕾攥紧小拳头

敲打着人间

喜鹊

熹微的晨光被楼群遮掩

一只喜鹊

蹲在悦海新天地的行道树上

跳来跳去，欢快地叫着

不时望望眼前的车辆和人流

树顶简易的巢穴

不大，也不够密实

寒风中，嘎嘎的叫声高过城市的喧嚣

像是在炫耀

在高楼林立、寸土寸金的都市

也有自己打拼的窝

当我匆匆穿过马路

隐约传来另外一只兴奋的回应

暮晚

经历了一整天的长途跋涉

此刻的太阳已累得

满脸通红

疲惫地斜依在远处的山峦

但他并不急于回家

他缓慢地

缓慢地挪动脚步

直到人间的灯火渐次点亮

直到月亮向他挥手

他是多么忠于职守啊

当群星一点一点隐现

我那小小的悲伤

开始

一点一点撤退

不要试图向春天索取什么

第二辑

牡丹

我承认，这样铺张的美

是一种罪恶

是一场灾难

但我无法不爱它

我确信，住在花朵里的佛

心怀慈悲

打着莲花指

不染世俗

我是一个抱残守缺的俗人

我不能把俗世的悲欢与哀怨

嫁祸于它

绝句

鸟鸣落进晨雾里——
唤醒村庄朦胧的睡意

你徐徐走出院子
花朵打开了自己

风衔着露水奔跑
像一个悲伤的孩子
嘤嘤啜泣

一对喜鹊

一对黑白相间的喜鹊

蹲在村口的柳枝上

跳上跳下

叽叽喳喳

不一会儿

它们一前一后

飞向远方

那儿群山苍茫

满眼金色

不要试图向春天索取什么

黄昏悠长，散发着迷人的气息

一道蜿蜒的山脊像岁月埋下的伏笔

长城梁上，山桃花三五成群

站在道旁恭迎我们

紫丁香展开了抒情

松柏和灌木和睦共处

我们的车子驮着一轮疲惫的夕阳

在沙砾路上颠簸

此时，一只野兔跃入我们的视野

像一个突兀的动词

它比我们更早领悟到

自然的奥秘和生存法则

一座山已倾尽了所有——

亲爱的，不要试图向春天索取什么

不要打问一只布谷鸟的去向

在春天的路上

我们去的时候，沈家河已身陷荒芜

夕阳用尽最后一点气力

惨白的脸庞斜靠在山巅

冰面倒映着蓝天

在一大片稻草人般挺立的芦苇荡中

两个依偎的影子捡拾着快乐

随便聊什么都很惬意

当晚风阵阵，裹挟而来

那些给予我们慰藉和疼痛的人事

正在远去

总有一些美好的事物

在春天的路上，恰如其分地

温暖彼此

桃花

桃花灼灼

这么不顾一切地红

真叫人心疼

仿佛

飞蛾扑火的爱情

然而，我束手无策

默契

一件褪色的红色外套

披挂在春天的树枝上

远远望去，小树就是一个灵动的人

活力四射

此刻，在通向密林深处的田野

一位年迈的妇人

正在低头劳作

她蹒跚的身影与那件热气腾腾的外套

构成的画面

看上去异常默契

拯救之路

一只蚂蚁扛着

个头比它大的受伤（不确定生死）的同伴

慌慌张张爬行着

它跨过沟

迈过坎

绕过甲虫的尸体

闯过蠕动的虫子

……

它顺着墙根儿

一路向前爬去

没有驻足

没有迟疑

一个多时辰过去了

原谅我丧失了等待的耐心

这一刻，我愿穿上白大褂

拦在它面前

在东岳山

沿着山门拾级而上

我们的话题欢快、跌宕

此刻，寺院回归肃穆和宁静

风送来了久违的凉意

树木森森，一城灯火

在东岳山下绚烂

落霞夕照

天地浑然一体

一群捡拾景色的人

用相机捕获明暗相交的线条

在神明无法普渡时

众生成为自己的佛

我们被黄昏的大手推着

缓缓移动

夜半传来读书声

黑夜停泊在窗外

她依在床上听"微信读书"

不知不觉睡着了

可能是网卡，也可能是

读书人太累按下了暂停键

夜半，迷迷糊糊一翻身

一个声音幽幽地传来：

"载我去吧，在一只帆船中，

一只古老而温柔的帆船，

在船首，或如你愿意，在泡沫里……"①

仿若那位故去多年的诗人在诗中复活

空寂的屋子冷不丁

打了一个寒颤

———————

①：引自法国诗人米肖《载我去吧》

尝试

有段时间，我尝试：

把衣兜里的钱花光

把绑定的银行卡透支

把微信钱包清空

我戒掉了淘宝、商场、超市以及

诸多不良嗜好

一日三餐归于清淡

我尝试让自己陷入

某种境地

去体味

一株夹缝求生的生命

活着的勇气

流浪狗的一生

一只毛茸茸的小狗

侧身蜷伏在柏油路中央

像睡着了一样

我揣测它短暂的一生

竭力落实的词语：

东奔西走

风餐露宿

居无定所

食不果腹

遭人唾弃……

现在，它保持了在母腹中的睡姿

回到护卫它的黑暗

温暖而安详

想象一位诗人

我想象一位叫曹兵的诗人

在一个叫麦地岔的小村庄

一手挥着镰刀

一手写诗

他写头顶的蓝天白云

写成群结队的麻雀

写浩荡的玉米林

写深夜里咩咩叫的羔羊

写脚下的土地

大地上匍匐的子民

……

此刻，我想象他

围坐在火炉旁

用粗大的手指，轻轻翻阅

一本他珍爱的诗集

那专注的神情犹如一位乐师

抚弄琴键

犹如一株盛开在贫瘠之地的向日葵

"向上的头颅，永远追随着太阳"[1]

---

①：引自曹兵《向日葵》中的诗句

小叙事

—— 致 向 菊

踩在咯吱咯吱作响的雪地

风从后背拍打着我们

她清浅的笑容裹在豆绿色的羽绒服里

暖融融地向我递来

在一盆鲜香浓郁的烩麻辣烫里

我们不断交换着词语

像两只欢快的雀鸟

大雪自星空落下

悄然送来一些不可知的秘密

又带走另外一些东西

我相信，世上有一种温情

可以驱走寒夜

有一种强大的磁场存在于我们之间

在图书馆
——兼致向菊

她低头凝神，手中握着一支铅笔

不时在书上画着

浅蓝色牛仔外套映衬着一张

憨态可掬的脸

这样的沉静让我有些分神

这时，她从对面递来一块金丝猴奶糖

这样的欣喜不亚于敞开的窗户

扑进雨滴

——但这样的甜

更让人安宁

当我茫然不顾，抿嘴痴痴地笑

她抛来疑惑的眼神

我把书递给她

此刻，我们的目光同时落进这样的诗句：

"在花路坡，我遇见一只避世的蚂蚁……

它说，你这个人类啊！你们多么无用"

天马山庄之夜

篝火，点燃的不仅是夜空

还有夜空下的蒙古包

一群诗人

脉搏里跳动的激情

胸腔里蛰伏的火焰

你不再是你

你是舞动的蛇

你是摇曳的火

这一刻，我愿成为"原始部落"中的一员

盘腿而坐，手抓烤羊肉

任酒精在体内恣意燃烧

放声歌唱吧，别辜负了这么浓厚的夏夜

也别辜负

热情好客的回族人民

议论

头顶芦花的女人

一早就死了男人

当她牵着小狗趾高气昂地经过人民广场

有人指着她啧啧称赞：

瞧她！两个儿子在德国留学

多出息啊！

十年过去了

芦花稀疏、凌乱

当她一个人黯然地来到人民广场

有人悄声议论：

瞧她！两个儿子定居在德国

一个36岁

一个34岁

他们至今未婚……

她看上去多孤单啊！

溯源清水河

沿着清水河逆流而上

我们探寻一条河的源头

抵达清源村的腹地

一条又清又亮的小溪

可以照见你的半生风尘

也可以洗去一身铅华

那些低伏的小花：

蕨麻、苍耳、百里香、银露梅、野决明

它们是你我

在人间的样子

同行的妹妹手巧

她从荒野中凭空织出一块

小兰花布

攥在手中

雪夜，一抹红

五福祥　五个妖娆的女人

灯光　红酒　糁饭

从一个女人身上的一抹红说起

聊到我们热爱的文学

欢笑声落入酒杯

溅起美妙音符

我们用相机记录此刻

而黑夜浓稠

五个臂膀相挽的影子在路灯下摇曳

没有人提及寒冷

没有人关心雪花的去向

我们绕开庸碌

直到，那一抹红泛上潮湿的面颊

没有谁比谁更容易

一盆娇嫩的酢浆草

在小餐馆的窗台

兀自绽放

紫红的小喇叭羞怯、困顿

在庸常、嘈杂的日子

她一如既往捧出笑脸

迎送每一位来客

让我想起，那些散落在天涯的姐妹

她们或远嫁他乡

或在城市的某个街角、工厂、餐厅、酒吧、发

廊……

在生活的烟熏火燎下

已面目全非

行于这凉薄的尘世

没有谁比谁更容易

与一只喜鹊为邻

我住进去的时候

它就"嘎嘎嘎"地叫个不停

在清晨，在午后，在黄昏

它不属于这幢大楼

院子的大树上也没有它的巢穴

一次，它蹲在楼顶

露出一截圆圆的黑脑袋

晃来晃去，像是点头示意

它是不是和我一样客居他乡

那些我听不懂的异族语言

是否暗含生活的不易与艰辛

就在昨夜，大风初歇

熹微的晨光中

我又听见那清澈的鸣叫

像前来报喜

像什么事也没发生

一则新闻

"他眼睁睁地看着10个兄弟姐妹4任老伴和

自己的儿女相继离世

整个村庄再也看不到他熟悉的身影

死神彻底遗弃了他

他让棺木等了二十多年……

最终，印尼这位146岁长寿老人

通过绝食结束了自己的生命。"

——网上看到这则新闻

我突然对曾经深深惧怕过的死亡

充满了

前所未有的信心

废弃的校园

万物葱茏，空旷的校园

紫丁香盛大

一只灰雀在杨树和地面之间

来回穿梭

黑板上，一串数字待在未解之中

手抄报上的灰雀已飞走

这静谧的仲夏，记忆的闸门

倏然被打开——

那是八十年代的乡村小学

操场上奔跑着一个滚铁环的女孩

阴凉下，她用一截废旧的电池芯

一笔一画描摹"日月水火土"

天空瓦蓝瓦蓝的

像一种梦境

那时，她是一只待飞的灰雀

遗失的故乡

移民后的村庄只剩下荒芜

风肆意穿行

那些土窑洞、土坯房、土院墙、水窖、羊圈、

　鸡窝

土得掉渣的痕迹

都被一只新时代伸出的铁臂

轰隆隆地夷为平地

我一次次在梦里打捞故乡——

那漫山遍野的沙蓬、大蓟、苦籽蔓、香茅草……

在风中交谈

那金色的麦浪在父亲眼里闪耀

山坡上，羊群啃着缓慢的时光

布谷声声掠过田野

我和小脚外祖母

一点一点融进暮色

暗夜

伏于黑暗之中

一些过往的人事隐现

灵魂

死亡

列车般飞驰

我投身于俗世

岁月

生命

从我身上碾过

缝补

逼仄的店铺

女人埋头絮叨——

儿子不争气

顾客挑剔刁难

男人脾气越来越暴躁

……

缝纫机踏板啪嗒啪嗒

拆拆补补　截短加长

她的手拯救过多少件衣服

无以计数

咳嗽声伴随着踩踏声

她的肩膀痉挛似的

一抖一抖

像极了，简陋的店铺里

需要修补的旧衣服

拾荒者

她低头搜寻、翻捡着

像附在垃圾桶上的一只灰鼠

风用粗粝的手指打磨着

昏沉的夕光

也打磨着尘世

身陷深秋这面锈迹斑斑的铜镜

她的面容陈旧、模糊

每向前挪动一小步

世界就微微摇晃一下

小镇

二十多年了，时光已然完成一次

又一次修改

我走在上学时走过的街道

像一个落魄的拾荒者

一路走，一路捡拾掉落的过往

而今，喧闹让位于阒寂

一排排店铺

伫立在萧瑟中与时间对峙

穿行于颓废的小镇

我的目光抚摸着它的每一寸肌肤

从学校、卫生院、粮库、照相馆到供销社、

　　裁缝铺、日用百货店……

在一扇我无数次开启的铁大门前驻足

我们用喑哑沉默辨识着故人——

当黄昏缓缓落下来

邻家那个吹口哨的少年

大腹便便

向我走来……

狗娃花

一簇簇蹲在一起

浅紫色的笑脸在草丛中若隐若现

那时，我们三五成群

在贫瘠的乡野

捉蚂蚱、掏鸟蛋、摘马茹子

看麻雀旋起又落下

现在才知道，与我们形影相随的野花

叫"狗娃花"

多么贫贱又亲切的名字

像我们站在山畔喊：

"狗蛋""栓娃""虎子"……

此刻，站在这异乡的旷野

面对一丛丛挂满泪珠的同类

我深深地躬下腰身

我和它，我们微凉的内心

都深藏着苦涩

遇见黄刺玫

一墩黄刺玫

开在人迹罕至的林荫道上

默然，静寂

微风抚慰着它

这时，回忆的马车缓缓向我驶来——

想起大学校园里两墩黄刺玫

小小的叶，尖尖的刺

沁人的香

那时，我经常去图书馆

经过那一片堆叠的

灼灼的黄

我时常深陷其中，不可自拔

那时，我也是一株带刺的玫瑰

坚韧饱满

摇曳在充满幻想的五月

然而，眼前的黄刺玫黯然

笑中带泪

一面墙接纳了我的战栗

第三辑

父亲

一纸诊断

犹如一把隐形锋刀

将你六十一载生命历程

砍断

痛心的谎言里

你认真地配合治疗

总嚷说，怎不见好

偌大的医院

治不了你的腹疾

我似一株支起的稻草

在你面前佯装

挺立　再挺立

想用尽一切手段

将你扶起　站立

就像小的时候

你用一腔热忱

将我们一一托起

仅仅一周时间

你气若游丝　不能言语

看着火苗般渐熄的你

我束手无策　无能为力

拽不住

挣断线的风筝

倏忽飘向了云端

带走所有的牵念

梦魇般的十天

送走了你

我辛劳一生的父亲

此刻，需要安息

我这样宽恕自己

恍恍惚惚立在人世

睡梦中惊醒

弄丢了父亲

泪水淹没心底

父亲　是你让我体会到

人世间有一种痛

叫

生离死别

祭父

群山氤氲

墓园里，小丘越来越密集

属于父亲的那座显得低矮而简陋

像他卑微的一生

我们把坟头的蒿草一一拔除

把他生命里的疾病、悲苦、不幸一并剔除

送去房子、车子、票子、手机、电视

及各种生活用度

这样，他就不用再奔波了

并叮嘱他，这里有他熟识的人

闲来无事

可以听听秦腔、下下棋

家里一切安好，勿念

仿佛有雨欲来

但没有落下

夏夜

睡前，卧室的窗帘留有一道缝隙

夜半醒来

月亮如玉的圆脸探进窗台

轻抚我

藏在暗夜中的一缕忧伤

斑驳的月影下，女儿在酣睡

童年里，多少个这样的月夜

父亲借着月光赶路

乡亲们在打麦场挥汗如雨

我们在涝池边捉萤火虫、找青蛙

多少消瘦的月光啊

被无尽的黑夜吞噬

被我们

——忽略

梦中

窗外的风，不知被谁惹怒

咆哮声越来越大

雪有临产前的征兆

我被暖气包围

灯光拨亮黑夜

一些过往的人事爬上心头

年轻的爸爸从遥远的地方走来

愁苦，疲惫

我爱的人也从另一个地方赶来

我们相对沉默

此刻，月亮挂在楼顶

我在恍惚的梦中

跋涉……

离别的车站

午夜十二点，送女儿去火车站

这样的离别

在我和父亲间持续过

现在，延续在我们母女间

街灯昏黄，把女儿的影子

拉短又牵长

最终消失在站台

令我温暖的是——

一轮低低的圆月

蹲守在月台

像父亲曾举起的一盏灯

此刻，我们的心情如此一致

我听到火车在鸣笛

与铁轨摩擦产生的咣当声

一个少女的梦，被绿皮火车牵引着

驶向祖国的西南

卖菜的老农

一顶破旧的帽子

遮掩着面部阴郁

他只管低头推车

搜寻夜色中最佳的兜售位置

他躬身推车的样子多像我父亲

我低头讨生活的父亲

也曾在灯火阑珊的街头踟蹰……

他为我悉心挑菜，仔细称量

木讷而迟缓

如果他是父亲

人群中喊一声"爸爸"

他会不会在忙乱中抬头

惊喜地

唤我的乳名

那时，我们不懂什么叫怜悯

再也不会有这样的童话场景

——拉开窗帘，外面一片银色的世界

雪，让世界沉寂下来

村庄仿佛裹上厚厚的棉被

三个孩子蹲守在门缝后

看父亲用一根拴有绳子的木棍

支起竹匾

——我们的快乐源于一群为了觅食

铤而走险的麻雀

那时，我们庇护在父母的羽翼下

尚不懂生活的陡峭与暗藏的玄机

面对竹匾下

比自己更弱小的生命

不懂什么叫怜悯

热烘烘的炉膛内发出的吡哳声

诱惑我们的味蕾

总有一张面孔，像病中的父亲

迟早有一天，我们

会行至这里

迟早有一天，我们会

走向同一个地方

这些从四面八方赶来的患者

潮水般涌进医院大楼

那些冰凉的机器

会一一吞纳我们虚弱的身体

我们要从这里

重获新生

祛除多年来淤积在体内的沉疴

但是，为什么我会如此恐惧

冰冷的走廊里

一张张木讷的雷同的表情

总有一张似曾相识的面孔

在眼前晃动

像病中的父亲

来不及走完的后半生

筛胡麻的父亲

眼看就要开学了

我的学费还没有着落

父亲紧锁眉头

绕着庄子转了三天

最终，他拖出两袋预留的胡麻种子

跪倒在院子中央

他闷头摇晃手中的筛子

身子也跟着晃动

他说，要筛掉混迹其中的断茎、颖壳和沙砾

这样看起来"打眼"

那是我平生第一次见父亲

在一堆粮食面前

跪了下来

一面墙接纳了我的战栗

隔着一扇门

做完检查的父亲

蜷缩在拥挤的走廊

彩超室里，年轻的白大褂神情严肃

正在宣判：病人生命进入倒计时……

哦！那一刻，世界是虚幻的

我那哀怜的目光

捡拾起一片空白

一面墙

接纳了我的战栗

我听见一个声音在滴答

滴答……

时间在下沉，下沉

倒春寒

我们踩上长梯

采摘树上寥寥无几的杏子

烈日下，圆滚滚的杏子堆挤在一起

像一群红脸蛋的野孩子

朋友说，今年一场倒春寒

杏花全冻了——

哦，我想起外婆

曾不止一次讲述她的那些孩子

第二个，第三个，第四个，第五个……

都夭折了

第七个叫锁娃，已经能放羊了

最终没能躲过一场"出花儿"

命运的魔掌一天带走她两个孩子后

她衣不遮体，漫山遍野疯跑

寻找她的孩子们

尔后，她得了一种心疯病

整夜整夜地失眠

后来，他听了一位道士的指点

执意搬了家

生下大姨和母亲

外婆面无表情地讲述

并没有引起我们的同情与悲悯

我们只是拿她当作祥林嫂

而她眼中透露的死一般沉寂的神情

直到今天，在这棵杏树下

我似乎略略读懂了一些

花的命名

很小的时候

祖母带我蹲在巴掌大的一畦地

指认她亲手种下的花：

紫色的，形似喇叭的花叫喇叭花

有八个瓣的，叫八瓣梅

大红花叫千层花，你看它有好多层

祖母还带我去山洼里

指认漫山遍野的野花：

黄花苔、打鼓锤、苦籽蔓……

她笑得颤巍巍的

像风中摇曳着的那些花

多年后，我想告诉祖母

原来它们还有更美的名字：

牵牛花、格桑花、牡丹、蒲公英、野藜藜

而她，更接近一株苦籽蔓

母亲节

我的母亲不知道今天是母亲节

不知道世界上有这个节日

就像她不知道"三八妇女节"

此刻，她一定蹲在五月的阳光下

精心侍弄她的菜园

用粗糙的手指把每一棵小苗扶正

为它们浇水、施肥、搭架

认真得像哺育她的孩子

她头顶的天空就那么大

那么简单、澄澈

只装得下儿女的冷暖衣食

也只容得下这么一方窄小的

人间天堂

母亲眼底的深度

每次别离，母亲总是

被我们遗弃在村口那条土路上

一点一点变小

成为路边一个永恒的标点

直到有一天，后视镜里的母亲

变得矮小

有了弯曲的弧度

像立在路边一截摇摇晃晃的枯枝

我的眼眶潮湿

行走半生，恍然领悟到

原来，母亲眼底的深度

是世上最遥远的路

清明，与母亲在一起

母亲已搅好凉粉，盛在盘中

白白嫩嫩，晶莹剔透

苜蓿菜焯水后备盘

芹菜，香菜、红辣椒已淘洗干净

母亲一边低头捣蒜泥一边絮叨

无非是家长里短

我们都没有谈到祭祀

过世的亲人

仿佛这一切离我们很遥远

油锅已经沸腾

我把切碎的配菜倒入锅中

滋滋　滋滋

生活似乎漫不经心

但也需要耐心，掌握火候

放入适量的佐料调味

我们小心翼翼地守护来自人世的温情

生怕有什么东西打破这井然有序的生活

现在，我与母亲围坐在一起

夜色慢慢地向我们靠拢

河水不会倒流

二十多年了

我从乡下移居到城市

再没趟过河

直到有一天，一条宽阔弯曲的河流

横亘在我面前

它以淙淙的流逝丈量我贫瘠的半生

并带来三十年前的一幕：

暴雨过后，河水浑浊、汹涌

父亲背弟弟过河

湍急的河水漫过他的腰际

我分明看见父亲一个趔趄

尔后，举起了儿子

河水把很多人事远远地抛在身后

包括背我们过河的人

也失散了

而我，依旧在生活的河流里打转

1993 年的夏天

那是1993年的夏天

天将破晓

村庄沉浸在古朴与宁静中

我和堂姐被一阵急促的敲门声唤醒（我在堂姐家）

咚咚咚　咚咚咚

堂姐披衣下炕——

隔着窗玻璃

我看见，高大俊朗的父亲

一脸喜悦

奋步走进院子

急于分享我中榜的喜讯

那是父亲摸黑骑自行车

从三十公里外的小镇

带回来的消息

也是我在心中日日掐算的一个数字

我从炕上一跃而起

那样激动人心的时刻，我们父女

一生再没重合过

深夜，与父亲对话

父亲，今夜我又梦见你

梦见我们一家人围坐在炕上

年轻的你，一脸兴奋

讲述山外的奇闻异事

呵，你刚刚燃放的烟花

映红了小院

也映红了我们的小脸……

我摸索着揿亮灯盏

把相框中的你揢到胸前

像揢住一道疤痕

父亲，时间的列车晃动着

晃着晃着

我也到了华发暗生的中年

如今，我更像一个母亲

我会从容地谈起你

"在一脸淡漠中，带出你的口吻和眼神"

父亲，当我看到这个诗句时

这些年你是不是也在用力

"一点一点爬上我的身"

与母亲去图书馆

在图书馆一隅

目不识丁的她，规规矩矩坐着

看看这里，望望那里

像个懵懂的孩子

那时，她年轻、美丽

像一朵盛开的打碗碗花

借着如豆的油灯

认真仔细地用牛皮纸包裹

我们领回的新书

然后，郑重其事地压到炕边

一次，她艰难地在生字本的背面

划拉下自己的名字

——赵廷彩

彩字的三撇像散在

土炕上，她的三个孩子

贫瘠的年代，母亲用一盏油灯

挑亮了我们的生活

闪电的记忆

乌云压下来

顷刻间，惊雷引爆了天空

你有没有像我一样

遭遇暴雨突袭

狼狈不堪

一道又一道闪电，在身后拼命追赶

你想起小时候，曾目睹一位发疯的母亲

将自己置身于同样的场景：

她急忙扔掉手中的擀面杖

跪倒在场院中央，口中念念有词

祈求老天爷发发慈悲，停止下雨

尔后，对着洪水汹涌的山口

一遍遍，呼唤牧羊未归的儿子

任惊雷在山间来回滚动

闪电划破她的面颊——

有一种母爱叫岿然不动

暴雨中，一只母鸡

就势蹲下身子

用羽翅撑起一把小黑伞

伞下，一群小鸡仔你推我搡

风提着斧子

狠命地砍了过来

枯叶簌簌抖落一地

鸟兽们四散

有一种母爱叫岿然不动

它从容地昂起头颅

把尖利的喙

伸向天空——

清明，写给父亲

爸爸，通往墓园的路并不遥远

可是，六年了

我只来过三次

六年来我回避着一些字眼

回避着一些地方

我会对着每个像你的路人愣神

直到体内的伤口逐渐愈合

我开始体味你的中年生活

孤独和衰老多像一对孪生兄弟

现在，他们深深地眷顾了我

我不再轻易悲伤

生活教会我更多，就像当年它教会你一样

被父亲撕掉的旧日子

待墙上的旧历撕去最后一页

父亲会郑重其事地换上一本新历

以此，迎接新的一年

那些被父亲一页页撕掉的日子

在他离世多年后的某个夜晚重现：

一个围着灶台做饭的父亲

一个对着账簿拨打算盘的父亲（父亲的工作）

一个蹲在深夜洗衣服的父亲

一个握着手电在黑黢黢的街口等我下自习的父亲

一个背着发高烧的弟弟去医院的父亲

一个递给初潮女儿一包卫生纸却生生遭到拒绝的

　父亲

一个沉默不语紧皱眉头的父亲

……

无数个父亲都是从日历中走失的父亲

在那个叫七营的小镇

我期盼与父亲再次重逢

把他一页页撕掉的那些旧日子

重新捡回来

父亲的果实

果园里

一棵干枯的苹果树

站在一排枝繁叶茂的同类边

显得褴褛、萎顿

枝上缀满了鲜红的果实

母亲说，由于果实太繁盛

果树挣死了

这是我平生第一次听说，一棵树

也会被活活挣死

它让我想起，一生悲苦的父亲

他用了六十年时间

捧出自己一生的果实

他的褴褛和萎顿

常常让深夜的我，深感

羞愧与不安

起名字的父亲

油灯下的父亲

正在翻阅一本发黄的《新华字典》

唰唰　唰唰

他的神情庄重而严肃

当他翻到"蓉"字那页时

手突然停了下来

并用方言情不自禁地念出声：

芙蓉，一种花

很美……

父亲念的时候，我凑近去看

字典上那个我不认识的字

熠熠生辉

父亲果断地说，就用这个字。

那是八十年代初的一个夜晚

一朵无名之花

一朵被父亲命名的芙蓉花

在贫瘠的夜色中

摇曳

父亲坟头的草

几年没来

父亲坟头的草又长高了

荒草淹没了坟丘

这次，我们没有再去清理它

没有打扰父亲的清净

作为草，它的存在多么自然

作为草，它需要泥土、阳光和雨水

不论脚下的泥土是一座坟丘

还是皇宫的飞檐斗拱

它只负责向上，努力活着

像所有的草们一样

像土里刨食，草民一样的父亲

地梢瓜

麦浪金黄，山坡呈现

悠悠的绿

你从田里回来，带着汗珠

衣兜里揣着小小的野果

你叫它们"奶瓜瓜"

咬上一口

脆生生的，溢着奶香

我总是舍不得一口气

将它们吃完

多年以后，当我从网上辨识出

它的植物学名叫地梢瓜时

发现它具有"补充维生素、益气补虚"的功效

一种田野的气息，瞬间

在记忆里弥漫

而村庄早已荒芜

你在山坡沉寂多年

寻找巴彦淖尔

今夜，我从一首诗里读到了

巴彦淖尔

巴彦淖尔是一个地名

它位于内蒙古自治区

其次，我对它一无所知

但是，巴彦淖尔这个地名

总让我想起父亲——

他曾跟随弟弟在那儿生活过一段时间

我在邮局不止一次填写那个冗长的地址

那段时间，父亲带着弟弟的两个孩子

生活一度陷入困窘

而他又婉拒我的接济

我无法想象一个身处异地的老人

是如何拼接那些捉襟见肘的日子

后来，随着父亲的离开

剪断了我对那座城市的牵念

至今，我没有去过巴彦淖尔

没有机会像诗人那样

"与一条大河握手谈心"

而父亲也永远离开了我们

我只能从别人的文字中

再次寻找巴彦淖尔

哦，巴彦淖尔

它躺在我疼痛的想象里

像一道伤疤

与父亲赶夜路

那是一个夏夜，我和父亲

深一脚浅一脚行走在山路上

微风习习，用清凉抚慰着我们

我的脚步轻快，紧跟父亲的步伐

空山苍茫，包容着黑暗以及黑暗中的一切

我和父亲的交谈像空谷传出弱弱的心跳

夜路漫漫，我们不知走了多久

隐约听到狼的嚎叫

但我们都没在意，也没有惧怕

以至于后来，我脖子围的纱巾和父亲头顶的草帽

都被俏皮的风带走却浑然不知

哦，那是怎样一个夏夜？

黑夜泼溅青草的味道

沉默的山谷与我们捉起了迷藏

那是我第一次出远门

也是唯一一次与父亲赶夜路

三十多年了，回望那个夏夜

父亲多像一盏闪闪烁烁的灯盏

让我无惧黑暗与泥泞

这盏灯用了六十年时间耗尽体内的灯油

并默默照亮我前行的路

现在，他在黑暗的那一头

我在人世的这一头

在返程的列车上想起父亲

父亲，这样的奔波之苦

在你有生之年从未终止过

我们曾一次次

在离别的车站，目送彼此

就像我与女儿刚刚完成的告别

在你暮年的时候

一次，我们聊到眼下的生活

你深深埋下了头颅

那是我第一次看到一个颓败的父亲

在生活面前束手无策

此时，坐在晃动的列车上

想起父亲，突然就泪水滂沱

一种被世界遗弃的孤独感

瞬间侵袭了我

让我成为，另一个你

火车一路向北

第四辑

六盘山森林公园

山敞开胸怀

把清凉交给世界

溪流潺潺，与鸟鸣在山间合奏

一种天籁之音

沿溪而行，石道蜿蜒攀升

通往密林深处

岩石与青苔融为一体

野花静好，期待垂青的目光

山上，有飞瀑穿过虬枝

喷珠溅玉

夏日浓酽，我们卸下一身风尘

在这里安放身心

有一种忧伤，遵从自然法则

让人无法驾驭

水边

天空阴沉着脸

不久前刚刚哭过

大朵荷叶，仍抱着残留的泪珠

一遍遍安抚

风吻过水面，留下一道道羞涩的波纹

苇丛中，一对野鸭在嬉戏

亲昵的样子招人嫉妒

雁阵匆匆，撒下几粒鸟鸣

木栈道上，迎风而立的人

有一种乘舟远行的快感

水域辽阔啊

"如同横过来的深渊"

足以栖息一个孤独漂泊的灵魂

晨入六盘山

云雾弥漫的

不只是通往山顶的小道

还有六盘山上

色彩斑斓的盛大的秋色

当晨光亲吻草木上的露水

当我沿着湿漉漉的木栈道一路前行

眼前白茫茫一片

像辽阔的大海

像流水划过全身

没有一个人可以相遇

没有一个人值得我回忆

在这梦幻般的寂静里

一个逐渐模糊、远逝的背影

如同一个归隐者

坐在松下

在洱海边

洱海迢迢，从远方赶来

与我在南诏国相遇

在一家名为《日落·山海》的咖啡馆

我坐下来，感受它的平静舒缓

海一般辽阔的胸怀

云朵磅礴，就要倾倒下来

苍山伟岸而静默

海面上，一只海鸥孤单地

放逐翅膀

替我驮着这易碎的人间

四十多年了，我在人世奔走

多少咸涩奔涌的人事

都随着翻卷的浪花湮灭

此刻，唯有一面湖泊

才能读懂她的内心

石门关

石门关口山重重

古丝绸之路，氤氲在烟雨中

逶迤而神秘

驼铃声隐去

那些商贾、马队亦不知所踪

蹄印深深见证着过往

须弥山上，众佛护佑

千年来，他们始终守口如瓶

亲爱的旅人，我愿守候在关口

等你

披着一身风雪归来

雨中访须弥

从须弥山归来，我的心中多了

几尊大佛：

有的正襟危坐

有的没了鼻子

有的断了手臂

有的面容模糊

有的囚在山洞里

看不见尊容

我没有许愿，也没有跪地求佛

我愿双手合十——

带走他们所有的悲苦

暮色登上长城梁

一轮落日，先于我们

抚慰了这片高地

天边，晚云飞渡

似匆匆赶路的游子

在固原秦长城遗址

看不见狼烟，也听不到战鼓

我们一群站在荒芜中的人

练习飞翔——

一　二　三

展开双臂做飞翔状

一群兴奋的鸟儿

搅动暮色

我越来越热爱

这俗世的灯火，简单的生活

解封后的丝路公园

夕光昏暗　一条小路引我

向它深处走去

幽静的小路上黄叶飞动

像一封封无人拆阅的旧信

我低头捡起一枚

缓慢而仔细地阅读——

那密密麻麻的记忆和彩斑

夜色拢上来　点点灯火

像一种喃喃自语

鹊桥上人影绰绰

湖水泛着幽微的光

风的味道浓重

我与一轮浅浅的弯月

遥遥相对

久久不忍离去……

任山河烈士陵园

松柏苍翠，陵园肃穆

请不要喧哗

请你默哀

拾级而上，为什么

你的步履如此沉重

那条通往墓冢的路仿佛走了几个世纪

391名烈士，长眠于此

那是一段历史

那是永不磨灭的红色印记

在这个流火的七月

请容许我低首

放飞内心一群白鸽

红军寨的下午

树影斑驳，阳光被筛过之后

并不炽烈

不停在我们身上制造幻影

红军寨里，红军已离去

寨子里寥寥几户人家

一对老夫妇在打麦场，翻动

新鲜的麦草

微风吹送久违的草香

像是将你拽入一段古老的记忆

在题为"首位坊"的旧宅前

我们没有谈政治，哲学，历史以及

眼下的疫情

循迹而来的一行人，围坐在石墩前

仿佛领受了某种神谕

有一种幸福，看不到源头

却从他们的脸上蔓延开来

木兰书院记

薄雪已经做好了铺垫，风送来了

初春的味道

木兰书院像一位禅定的老僧

打坐在群山中——

在通往木兰农庄的小路上

一面农耕文化墙赫然在目：

铁锹、撅头、筛子、犁铧、驴套、连枷、耙子……

赏析是对它们的一种亵渎

借给羁旅者一个短暂的身份

让日子留白

喏，你看

一株海棠花躲在书院一角

多么悠然

傍晚在沈家河

暮色涌动

沈家河犹如一面沉睡的镜子

两岸起伏的山峦

正揽镜自怜

夜幕深藏于暗处

当我们簇拥着沿堤坝走去

人间的灯火渐次闪亮

柔和似谁的手在轻抚？

雁群远去　喧嚣隐遁

一位垂钓者手持鱼竿

磐石一般

他有信心　钓取

一条大河

七月，在纳帕海

要走很远很远的路

才能抵达这里

——纳帕海

格桑花在天边，在草原深处

等着你

从风景中取出花朵

一匹红棕色的马

在空旷的草地上落笔

它耐心，沉稳

展开它全部的叙述

其中，有你正在经历的孤独

在杜甫草堂遇雨

时隔一千多年

我来这里拜谒你，触摸你

在一尊瘦削的雕像前，我久久驻足

浣花溪边，雨声喧哗

青石板低吟

在这里，你卸下疲惫

卸下颠沛流离的半生

故国和家园，在你忧伤的诗行中

如今，"大庇天下寒士俱欢颜"

我轻如尘埃，流于俗世

方言里藏着卑微

——而人世汹涌，风暴从不缺席

隔着时空，对望之间

我也空悬一颗

接漏之心

将台堡之夜

星群隐去，月亮不知所踪

万物退回自己的疆域

夜色包围中的小镇

神秘，寂静

雨下得悄无声息

我们举起时光的酒杯

啜饮这如水般轻柔的夜色

今夜，容我卸下车马劳顿的半生

把我还给自己

让思想归于思想

今夜，马蹄声已远去

只有空空的堡子

只有葫芦河在不远处

昼夜不息

火车一路向北

火车一路向北

在轨道上缓缓滑行

路过山峦，田野，村庄

路过枯树，鸟窝，垂直的铁塔……

一切都是我熟悉的

这苍凉的大西北啊

火车一路向北

像一首长长的诗

它容纳氓流，商旅，学生，政客

也容纳公务员，情侣，僧人，乞丐……

它从容而平静地

接受时间的缓慢和冗长

一张票根上短短的线段

像铁轨

铺排着晨曦与日暮

它蜿蜒崎岖

容许迷雾、暗夜、错轨和意外

顿家川记

庭院葱茏，花朵尽情燃烧

炊烟弥散开来

憨实的农家大哥为我们蒸煮

田里采集的玉米、土豆和豆角

他低头在灶膛拨弄柴薪的样子

多像我的父亲

——那些胸口反复无常的隐疾

常常被搁浅在我的一行行诗句里

当我行走在夏日的顿家川

时光被溪流带去了一部分

又被阡陌分食了一部分

回望时，米岗山已褪去轻薄的衣衫

呈现清晰的轮廓

在野荷谷

　　——致二棍

在去往野荷谷的观光车上

你就坐在我身旁

镜片下，一张瘦削、羞涩的面庞

我递给你一块口香糖

你把黏黏的甜，小心藏在口中

我们沿着小径向山谷走去

呃，小径两边的野荷多像隐士

怡然地撑开一大片碧绿

你说，这是你第一次遇见

八月的野荷谷，堆绿叠翠

用静谧接纳我们

忽而想起，你赠我的明亮诗句——

"那些温良的事物，皆为善知识"

一路上，我们像蜜蜂扑向花蕊

攫取

生活的蜜

在哇呀哈公园

我们被疾来的雨点啄食着

躲进一家小店铺

门廊形成水滴的栅栏

我们躲进栅栏里，看雨听雨

头顶的惊雷滚动着

天空被撕开一道道裂痕

店铺里，简单的货品无序摆放着

谈到今年的生意，他一再摇头

后来，听我们聊到文学

他眼里闪动着光芒

一时，仿佛打开话语的闸门

一些熟悉的词汇碰撞着

如同，无数欢快的雨滴——

从前的房子

从前，我们居住的房子

很小很简陋

我和哥哥、弟弟挤在一张旧方桌上写字

奖状醒目地贴在墙上

一家人围坐在一起

藏不住秘密和忧伤

后来，在越换越大的房子里

我们与电脑对话

与手机交流

与信息时代迅速接轨

我们生儿育女，囿于生活的牢笼

这虚置的空间啊

把我和亲人的距离越拉越远

广场上，唤我乳名的人

在一个嘈杂、昏暗的广场跳舞

一个女人从后背拍了拍我的肩膀

并唤出我的乳名

在她的描述中，我隐约想起三十多年前的一个

画面：

新婚不久的堂嫂妹妹来到我们中间

我们一起丢沙包、跳方、捋榆钱

那是一个愉快的下午

曲终人散，她迅疾消失在茫茫夜色中

没有道别

甚至没有过多地寒暄

她的到来仿佛只是为了唤醒一段记忆

为了相认后再次告别

这一生，我们也许都无缘再见

街上霓虹闪烁，车辆轰鸣

像一种幻觉

通湖草原

通湖，腾格里沙漠中的一滴泪

在通湖草原，你可以席地而坐

与一池湖水交换幽蓝

与玛尼堆交换神秘

可以与一朵野花并肩眺望远方

或者，策马驰骋

当夜风袭来，在一望无垠的沙漠

你可以像小时候一样仰望星空

当篝火燃起

马头琴悠扬

火光中，蒙古汉子们一袭盛装

跨上马背

你可以近距离感受他们的粗犷豪放

在现代化的蒙古包里，想想心爱的人吧

你的内心会丰盈、柔软

你会原谅所有的人和事，包括

深深伤害过你的人

此刻的月亮只属于我

当我从一场残梦中惊醒

发现我半裸的身子

被温柔的光之手抚摸

恍惚中，我竟有些不知所措

像一位羞赧的新妇

此刻，月亮一定比我更孤独

寂寂长夜，需要多少个辗转

才能压住身体里的黑

他一定找了好久

才从窗帘缝隙这道窄门找到我

并唤醒我

何其幸运！

此刻的月亮只属于我

我被什么爱着

又被什么包围着

窗外，夜色一点一点开始融化

深夜，与一束光的关联

突然停电，她

仰卧在一团漆黑中

有短暂的恐惧袭来——

这时，从窗帘缝隙递进来一束光

像一个倒立的人

在屋顶上来回晃动

在密不透风的黑暗里

一位素不相识、深夜奔波的人

像杂耍表演

俏皮地递给她一束温暖的光

让生活中的他们

在这一刻

有了某种关联

时间慢慢掏空了老屋

亲爱的敏儿，我想带你

去看看田野，村庄和麦浪

我曾拥有过的幸福

正天真无邪地杵在那儿

我的祖母一身布衣青衫，提着竹笼

给我指认一朵朵野花

我的母亲像一个旋转不停的陀螺

总是在夜深人静时，挑灯缝衣、纳鞋

我们时常沉迷一种"跳方"的游戏

并热衷于掏鸟蛋

现在，我离它们而去

墙角生锈的镰刀收获了孤寂

浸满汗渍的草帽上

除了灰尘，没人再眷顾它

时间慢慢掏空了老屋

伫立在回忆的废墟里，我一次次

将故乡拼凑、还原

让它再次葱茏

走进一片棉花田

一大片棉花田

延绵铺展在灰蒙蒙的天际

一眼望不到头

手机屏幕上盛开的小棉朵

白得那么纯粹

那么浩荡

它是刚刚出生的那种白

让人忍不住想要爱抚

又像刚刚出锅的爆米花

冒着香甜

我需要这样一个柔软而轻盈的午后

走进一片棉花田

需要一缕风

轻轻吹

毛泽东夜宿单家集旧址

庭院寂寂，万物蓬勃

令我无法理解的是，一座庭院

为何能从血雨腥风中

从容地走来

它端坐在时间深处，沉思什么

又在等待着什么

——那遍布弹孔的门板

土炕上破旧的羊毛毡

炕桌、马灯、石磨、马厩……

一切都是当年的模样

八十多年来

它始终初心不改

一亩地餐厅

在取名为"玉米地"的包间

我们抛却各自的身份

一群用文字聊以自慰的人

简单、快乐

不需要太多柴薪

就可以点燃一腔热情

是的，美食赐予我们力量

也可以治愈寂寥的心灵

当音乐缓缓升起

夜色悄然推门

有人在一阕歌中释放自我

——茶水已经冲淡

灯光给纯真的脸上

涂上好看的影子

在生活之外

在精神的高地

思想的纸上

我们都在苦心经营，属于自己的

那一亩地

一天的时间就要过去

但是，我不打算起床

也没有睡意

一本诗集和我一样

歪歪斜斜地慵懒在床上

窗外，阳光正好

风随心所欲地游荡

楼下传来车水马龙的喧嚣声

和各种机器的轰鸣

它们像来自宇宙的洪荒

我听见时间在流淌

年的尾巴，日子所剩无多

我努力在旧历中一遍遍翻捡

那些有你的日子

我不会说大话也不会唱赞美诗

一颗惴惴不安的心，像是

满怀期待

又像是接近干枯

睡前书

灯光昏沉，小小书房里

一台加湿器和我

我们围坐在寂静里

加湿器嗡嗡地吐着白雾

如同我细微的呼吸

时间从指尖缓缓划过

也曾有过短暂的踌躇、停顿

多少个夜晚

我们长情地相守

一点点消耗着彼此

而月亮犹如一把悬在头顶的石镰

借着黑夜偷偷打磨

越来越瘦啊……

登天台山有感

塔身安宁，尚未涉足红尘

山不算高，但足够仰望

路，没有你的内心陡峭

荒凉不是败笔

是背景

从山顶望去，一排排

发电的大风车

骨碌碌地

转动一个新时代

一路上，我们遇见了马尾松、骆驼蓬和短鸢尾

见证了榆树开花

山顶上，一座仿古的亭子

用孤独收留了

几颗躁动的灵魂

我无法在一首诗里完成自己

第五辑

冬日札记

我坐在阳台上

看《了不起的盖茨比》

此刻，他隔着海湾

凝视对面，试图找到黛西码头上的

绿色灯光……

窗外，积雪明晃晃的

像一张辽阔的状纸

闪着耀眼的悲伤

一只思想的乌鸦落在枯枝上

寂静覆盖了寂静

观电影《寂静人生》有感

他毫不马虎

送走每一位孤独的逝者

——送他们走完人生最后一程

二十二年的社区服务生涯

他努力从那些遗物中

替逝者寻找送葬的亲友

尽管屡次碰壁，遭遇重重困难

但他依然坚持寻找一线希望

解雇后，他竭力找寻职业生涯中

最后一位送葬亲友……

然而，当社会放弃他

爱情烟花般消逝

当他像他们一样

走完波澜不惊的一生

喏，那些他送走的人

重又向他聚拢——

车过黄羊滩

斜阳金黄，暮色收割人间

黄羊滩上没有羊

只有一望无垠，茫茫的戈壁

成片的枯树林裹挟着风

在疯狂奔跑

冬日的黄羊滩

悲伤如人世

它种植寂落和苍凉

这里没有哲学和隐喻

哦，黄羊滩像我苦命多舛的故乡

在我的匆匆一瞥中

留下无限感伤——

秋日午后

我们就这样，坐在无风的旷野

轻柔而缓慢地交谈

你说出的每个词都带着阳光的味道

和迷人的声线

天光荡漾

一阵一阵的恍惚多么不真实

这是一个秋日午后

远山沉寂，天空蓝到无所顾忌

空气中弥漫着成熟的香气

悬铃木举着铃铛做最后宣言

河水从容，奔赴前程

万物以我们看不见的方式生长或消亡

尘世隐藏了悲喜

时间置身时间之外

中年书

一根白发颓然地

从稀疏的树冠上掉落下来

一些属于中年的词汇

雨点般袭来：皱纹、眼袋、健忘、腰酸腿疼、

　　力不从心……

四十多年来，时光之刃

从未放弃对她的雕琢

行在时间的渡口，她接受一个浪头

又一个浪头的冲击

接受并感谢命运的所有馈赠

她变得从容而坚毅

顺利的话，她将熬成祖母一样的祖母

戴上一副老花镜

让孙儿为她穿针

是的，到了一定的年纪

生命将是一场回归

福州之城

大巴车穿行在

一座浸润在温泉中的城市

雨滴的手指密集，轻轻敲打车窗

我们在同一时空中

相见甚欢

路边，大片三角梅或紫荆花簇拥着

美丽而不失淡雅

风带着潮湿的南国气息

远山含翠，云雾翻山越岭

这里，榕树挨着榕树

盘根错节，延伸历史的记忆

这里，时光清浅

足够你把一生用完

我从海边归来

大海辽阔——

然而，我什么也不曾带走

海浪，礁石，妈祖，翻滚的云海

依然驻留在海风中

我们在海边拍照留影，隔着茫茫海域

遥望宝岛台湾——

那祖国母亲不可分割的一部分

此刻，躺在我想象的臂弯里

海风揉乱了我的头发

掀起我的裙裾

更要命的是

大海用无形之手

在一个西北女子的胸腔

不断制造波涛

电影《海上钢琴师》

大海是一架钢琴

波涛是起伏的琴键

世界是一张变幻的琴谱

他是大海的孩子

在海上出生

在海中成长

并将在海上度过无法雷同的一生

是大海赋予他灵性：

身边的每个人都演绎在他的琴声里——

或激动、或欢乐、或失意、或彷徨、或抑郁、
　或沉沦……

哦，那个可爱的金发女孩

一度走进他的琴声

最终又消失于音符背后

——大海广大无边，像一种隐喻

它涵盖

生活的全部真相

雪人

出去看雪吧，你说

窗外，雪已经沸沸扬扬

模糊了视线

当我出门时，一个呆萌的雪人

赫然立在那家店铺门口

我确信那是你装扮的

你知道我会忍俊不禁——

雪越下越大，天就要黑了

思念也走散了

我所热爱的也被你爱着

哦，这眼前的雪

这白茫茫的人间

"你是，遥遥的路，山野大雾里的灯"

而寒冷是一种启示

我们都经历着，包括雪人

书写

那时，假期很漫长

我时常会蹲在无人的空地上

用一截树枝

一笔一划

书写一个人的名字

然后抹去

重写

写着写着

黄昏就包围过来

秋日书

乌云压顶，酝酿着心事

也酝酿着一场痛快淋漓的宣泄

草木谦卑，依旧站在低处

以虔诚的姿态接受季节的洗礼

这过半的秋景啊

多像是我们的中年

当你坐在一把藤椅里反刍粘稠的往事

并从一张张旧照里努力辨识自己

你才会惊叹时间之手的神奇

——像一场魔术表演

万物都在它的掌心翻转

在这虚拟的人间，我们蝼蚁般努力生活

看一株草枯了绿，绿了又枯

在生死轮回中反复

这个下午，我一个人枯坐着

沉默，且一遍遍告诫着自己

夜宿喜洲古镇

"大厘城"商贾云集：

扎染、民族服饰、鲜花饼、喜洲粑粑、烤乳扇、

　奶酪、各色水果……

网红小马车上，白族姑娘头戴花环

你可以叫她"金花"

巷子幽深，石板路迂回

青砖瓦房，翘角飞檐

题字"赐进士第"的照壁斑驳

阁楼上，可远眺苍山

亦可近观云海

呃，我是一只雨燕

偶尔栖息于此

亲爱的陌生人，不必询问来处

我只管带着淋湿的翅膀

一路飞翔

黄昏，致我的爱

晚风已吹散恋人的热吻

我选择把爱放下

此刻，只剩下我

和一个忧伤到让人哭泣的黄昏

是的，我们都游走在烟火人间

置身各自的生活

粗糙地活着

我的诗句不能为一只蚂蚁指路

也不能让一条河流改变走向

可是，这虚幻的美啊

像一柄闪电

落进我心底

我爱这新鲜的暴力与灰烬

我迷恋这绝望的空

茹河之忆

暮春的风异常温柔

像一位故人，轻抚我的发丝

茹河从未停止叙述

这一刻，接近于暗自吟唱

长椅耽于回忆，谢绝了喧哗

梧桐摹写我们的青春

亲爱的人啊，冬去春来

石阶刻满旧痕迹

当我从一段黏稠的往事里抽身

花香迎面扑来

瀑布汹涌——

像我们的爱，永不枯竭

九月之诗

他发来天空、云朵和金黄的稻田

一截青灰色的柏油路

像一段旁白

此刻，他坐在疾驰的列车上

故乡、原野以及一个游子深深的依恋

被缓缓地甩在身后

秋风起，落叶有从容之美

一个陌生男子的气息，难以捕捉

让她迷失在九月

而另一辆列车，不明方向

正呼啸着穿过她的身体

它带来雷电、风暴、泥石流

不可预知的一切……

在葫芦岛

湖水寂静

我们沿着湖边的一条小径走去

深秋的草木举着火焰

我们的沉默犹如这面静静的湖水

明亮、悲伤

有一刻，我们同时望向湖面——

一群野鸭像几枚

散落在湖面上的黑色棋子

你数了十六只

我凑了九对

直到天色渐凉，那些反复酝酿

几欲表达的情意

终于被黑夜

一点一点稀释

拉杆箱

我提着它去过银川、兰州、西安、成都、桂

　　林、北京

重庆、上海、杭州、南昌、福州……

提着它坐过大巴，火车，地铁，轻轨，动车，

　　高铁，飞机

有一次，在成都街头

我还提着它坐上一辆摩的

它追随我，从北到南

从东到西

我曾提着远方也提着乡愁

提着理想也提着未来

我提过青涩

提过成熟

如今又提着衰老

二十多年过去了，拉杆箱越来越轻

人生至此，繁华褪去

不值一提的东西

似乎越来越多

法定寺

时光沦陷。法定寺于红尘中入定

庄重、神秘

晨钟已飘远，石狮

有向善之心

拱形石桥下，一群金鱼

无视络绎不绝的香客

拨动碧水之弦

高墙外，盲眼道士掐着十指

打扮怪异的女孩，在视频里施展才艺

人影憧憧，商贩们

在兜售人间烟火

雪天，致远方的你

一夜之间，大雪让世界换了新颜

我在雪地里沦陷

你说，小草就要萌芽了

春天在路上

你说，等待是一场慢旅

我喜欢雪地

喜欢这突如其来的惊喜

我喜欢满天星宿

也喜欢油菜花轻颤的黄昏

我喜欢坐在窗前，看一只喜鹊落进光斑里

这是二月的最后一天

我愿把人间所有美好

全部打包

赠予你

湖水，有你不懂的悲伤

湖水平静，像生活

有你不懂的悲伤

微风吹皱湖面，有人称之为涟漪

我觉得，它更接近生活的真相

我们漫步在桥上

四月的阳光

不浓不淡

恰好可以催生一个春天

一场爱情

湖面上，一对戏水的野鹭

像歧义的生活出现了意外

你说，它们是自由的

我没有反驳

新年，致自己

整个冬天，我不知道自己

期待什么

看日头缓缓升起

看暮色轻轻四合

身体这座寺庙，依然有难以抵御的孤独

和无法逾越的惶恐

依然斑驳、漏风，需要五谷供奉

时时拂尘

新年已经用旧，镜中人徒增几缕白发

那些让你奔跑的事物

最终会让你止步

而体内的钟声沉闷，我仍期待一场花事

期待一场声势浩大的雪

给世界疗伤

我以为……

天空抱着云朵

大地抱着群山

鸟窝抱着树枝

乐曲抱着琴键

流水抱着河床

而我，松开了双手……

我以为，我把全世界都爱过了

我以为，我不会再爱

直到，我遇见你

雨中登苍山

雨滴敲打尘世的木鱼

默诵经文

蓝色的绣球滚到半山腰

叶子宽宥了青虫为生活撕开的缺口

寂照庵里，倒挂金钟打坐在院中

滇丁香布施香气

众多绿植在这里禅静

没有香客

我放下沉重的肉身

但，没有放下你

如今，我只身来到薄暮

我曾拼命地追赶朝阳

耳边涌过风声和雷鸣

我曾热衷于从群峰中登顶

俯瞰山下的风景

我曾像啄木鸟一样

用尖利的喙啄取生活

如今，我只身来到薄暮

世界在我的眼前不断缩小

我放下了所有执念

逐渐醉心于一盏孤灯

一纸残卷

一日

心情如窗外的天空

一时灰蒙蒙，一时雨濛濛

影子单薄，比风更轻

隔着手机屏，我把想对你说的话

举起又放下

时间滴滴答答，具体又抽象

我说流水，流水已远逝

我说虚无，"花非花，我非我"

我说爱你，你在心的镜像里

扑朔又迷离

一个人，收敛起词语

一个人，静静地没入暮色

像一座被遗弃的城堡

黄昏，我与落日对饮

落日孤独

端起了云朵的酒杯

——它的脸越来越红

晃晃悠悠

它扶住一座山

我坐在对面的小丘上

举起雏菊的杯盏

与落日对饮——

落日饮下田野、山川、半片天空

杨树的尾巴和大雁的啼鸣

——只剩满眼苍茫与辽阔

我企图扶住风

这时，一株狗尾巴草接住了我

歪斜的身子

我无法在一首诗里完成自己

恰如现在，当我提笔

无法给自己一个良好的开端

我生性忧郁、孤僻、自卑、偏执

稗草一样侥幸活着

半生潦草，半生空白

就像现在，我无法给中年的自己

一个恰当的定义

沉淀之后的生活更为纯粹

让我懂得了如何取舍

我要感谢生命中那些迟来的遇见和馈赠

在这个猛烈加速的时代

依然有我热爱的诗歌，安放爱与疼痛

孤独与狂喜

依然有我相信的爱情

让虚无的一生不再匮乏

世界也还是我喜欢的样子

我的后半生扑朔迷离

但我并不过多的期待

落日匆匆，我还腾不出手去拥抱

就要点亮暮色

原谅我，无法在一首诗里完成自己

电影《肖申克的救赎》有感

不仅是自我拯救，也是

救赎他人。在黑暗中

用心中的灯火照亮前行的路

"希望之光，穿透黑暗之锁。"

我们每个人，身陷于庸常生活

在有限的规则内

日复一日，年复一年

麻木而迟钝

像温水中的青蛙

镜头里：雷电交加，暴雨如注

安迪终于从下水管道爬了出来

重获自由……

在沙窝

沙窝于清幽之中

等来返乡人的脚步

你可以在一座闲适的庭院里

侍弄花草

也可以坐下来沏一壶热茶

邀三五好友，吟诗作赋

听清水河畔传来的蛙鸣

相对于喧闹的都市，这里更适合遗忘

你默默瞧着，沙窝于城市的边缘

完成一次又一次蜕变

焕发出无限生机

然而，昔日那些熟悉的面孔

如今都去了哪里？

空空的庭院多像我，空落落的心

盛满了乡愁

一件挂钟

它陈列在同心县西征纪念园

长方形的古老挂钟上

时间困陷于五时五十分

破损的玻璃镜面

是出口

也是新生

无从揣测，时间

何时从它的内壁

走了出来

重获自由

小心翼翼地穿过一生

第六辑

茹河公园

四月的茹河公园，丁香开得

热烈、大胆

有迷倒一切的决心

桃花、海棠、郁金香亦不甘示弱

放慢脚步吧！听听茹河的声音

那落差形成的小瀑布

犹如轻柔的交响曲

奏响春天的旋律

绿色木栈道错落有致

摇曳在波光粼粼的水面

茹河之上，一座高架桥连通一座城

在这里，做一只栖落枝头的鸟吧

你看鸟窝就在不远处的林间

舒适、隐蔽

当啁啾之声隐隐传来，一棵树有了

茫然无措的心跳

金鸡坪上

金鸡啼晓

"喔喔喔" "喔喔喔"

晨雾缓慢撤退——

大地吐出盈盈的绿意

勤劳的农人点缀在垄间

挖掘动词

远山渐次递进，梯田排山倒海

颠覆你的视力与想象

站在金鸡坪上，我想对着山头

大声问好

又怕惊扰了万亩桃花

痴痴的梦

蕤仁花

一种熟悉的小花

在秦长城上构筑梦想

这繁盛的小星星

有的亮着眼睛，有的还在沉睡

但我感受到一种引爆春天的力量

我已过了逐梦的年纪

然而，一种叫马茹子的野果

从记忆的荒野蔓生出来

那红红的小灯笼

曾挑着一个穷孩子的未竟之梦

乔家渠的欧丁香

我从没有见过

这么洁白的花

大朵大朵的白，浩浩荡荡

这是一种骨子里透出的白

一种不染世俗的白

一种让人沉迷又忧伤的白

——它是上帝遗落在人间的手帕

这里是《诗经》中的大原

林徽因笔下的四月天

万物明亮，风的手指不紧不慢

在塬上弹奏打马而过的时光

有些人等待

有些人选择离开

欣慰的是，我们离一头白雪

还有一段距离

秦长城上的风

那微微隆起的山脊

像一截蜿蜒的大地的脊梁

撑起一段历史

时间湮灭于时间之中

唯有秦时的风不知疲倦

刮到了二十一世纪

假象

冬日辽阔，群山写满荒芜

一只怀揣心事的喜鹊

蹲在杨树枝头

不远处的鹊巢

沿袭盛唐的布局

经过村庄，偶然瞥见

一棵掉光叶子的杏树上

几粒黑瘦的杏核

一如既往，抱紧枯枝

这卑小的生命啊

以攀缘之势

在荒草萋萋的人间

努力制造活着的假象

村庄速写

一望无垠的辽阔——

农舍疏离

灰蒙蒙的天际

不时落下几粒鸟鸣

群树被季节端走颜料

露出光秃秃的枝丫

留在时间的长椅上，寂然无声

一摞摞枯黄的玉米杆

拥抱在一起

似久别重逢的亲人

低处的电线，心手相连

告慰村庄孤寂的灵魂

大地需要一场温补……

我从乡下归来

我从乡下归来

裤脚沾有露水和草的香气

肩头落有起伏的鸟鸣

山峦，田野，蜜蜂和花朵

选择了驻留

我的车子载满了风尘

沿途的荆棘也可以尽揽入怀

我想告诉你的是，在五月

在雨后的乡间

我用一个下午的时间

送走了黄昏

此刻，在这深渊般的夜晚

我的身体，将再次升起

一个崭新的黎明

小心翼翼地穿过一生

每天驱车下乡

我都要经历这样一段路程：

上陡坡、连续弯道、下陡坡

穿过狭窄、熙攘的街道

抵达荒僻的乡野

然后，再拖着疲惫的身躯返程

途中可能会遭遇

大雾、冰雪和暗夜。不可预测

一路上，你必须稳住手中的方向盘

清除内心的杂芜

始终行驶在自己的车道上

像小心翼翼地穿过一生

拍照记

行走在冬日的黄河村

我拍下一枚孤悬的枯叶

拍下趴在窝棚边一脸安详的小狗

拍下一只专心啄食的母鸡

拍下一群抱团取暖的蜜蜂

拍下扛着一大捆玉米秸秆的老人

拍下一摞摞金黄的玉米和不远处的群山

它们让我的悲伤显得渺小

但我没有拍下

那位裹头巾的妇人

一声温暖的问候

……

与故乡相认

仿佛，一不小心
就闯入童话般的秋色
大地像梵高笔下的油画
树木、田野、村庄都镀上了金色
到处弥漫着收割的气息

在这片土地上，我迎接过火红的朝阳
也送走过疲惫的落日
目睹一株草的枯荣
见证了瓜熟蒂落

我深深地爱着这片厚重的土地
以至于时常把它认作故乡
哦！我丢失多年的故乡
常常在梦中呢喃——
那遍布乡野的沙蓬、苦籽蔓、芨芨草、狗娃花……
在这里得以相认

路过茅台机场

傍晚的风收回了燥热

天空呈现忧郁的蓝调

蝉鸣坐拥山林

万物跌入寂静的怀抱

更多的绿濡染眼眶

当我一脸落寞，与一方山水交谈时

女儿拽着我的手臂

指向坡道尽头——

眼前的山醉了

揽着空空的酒瓶梦呓

路边，紫色的醉鱼草摇摇晃晃

夕阳也醉了

红着脸，拍了拍异乡人

满身风尘

寒风中相拥

萧瑟寒风中

我遇见一群寄居乡野的蜜蜂

一大团黑压压的群体

一动不动地

挤在幽暗、贫瘠的蜂巢

它们投宿的这对老夫妻

一个眼盲

一个步履蹒跚

他们的生活如同它们一样

艰涩

三年了，山上没有多少花可采

相继有五窝同伴

都没有熬过寒冷的冬季

提灯的人

一盏普照尘世的明灯

提在谁的手心？

那么吝啬

仅用窗户裁了一小块儿

斜斜地

打在我的脸上 身上

我闻到了——

温暖 香甜 烟火气

还有那种我说不出的味道

像一种怀念

像我爱的人在远方召唤……

金色铺满大地

春风和煦

他用简易农具　把一粒粒小土豆

摁进脚下土壤

把一个人的孤独、荒芜、凄苦及生活的种种不幸

统统摁进去

入秋了

在一大片枯黄的枝蔓中

他弯着腰

如同一个认罪的人

翻捡自己的一生

当金色铺满大地

那些一脸泥巴、光滑圆溜的小家伙

逐渐向他聚拢

他慈祥地笑了起来

仿佛

自己也有满堂儿孙

老黄的沉默

四周一片空无

村子灰突突的

路边一株狗尾巴草摇晃着

像一位沉默的思想家

一群麻雀在收割后的玉米地

扑棱棱地飞

自从儿子走后，老黄愈加沉默了

他欹在田埂上，颤巍巍地点燃了烟斗

吧嗒吧嗒

时间像他吐出的一缕缕青烟

一年中，轻描淡写地运走了

他体内很多东西

牧羊者说

手机视频里，远方表哥在牧羊——

他说，双到户（建档立卡户）政策好，种养殖
　　都有补贴

娃们这几年上学全靠国家资助

今年，村上给我安排了一个公益性岗位

他说，自来水接通了

硬化路铺到了家门口

就是太"古"了，庄子只剩三户人家……

风呼啦啦地

吹着他敞开的军大衣

毡帽下，一张黝黑瘦削的面颊

像黄土高原上裸露的一块

久经打磨的顽石

那始终上扬的唇角

让我一再想起

那些摇曳在野地里的狼毒花

红得要人命

白得要人命

山行记

1

上山时，一丛荆棘

张开长长的臂膀，像是

热情地表示迎接

旋即，亮出一身尖刺摇头

又像是，对这险象环生的人间

充满深深的戒备

2

岩缝中，一株紫色的小花

不停点头向我示好

它那么小，像散落在山间的小精灵

在人迹罕至的荒野

它静候在这里

像是等待一个前世的约定

3

我们走走停停

抛开纷杂的尘世

我也想成为花草们的一员

在内心构建自己的庙宇

默默诵经

我的经文里，满含对世界的赞美

4

我一次次，向路边的草木俯身

每一株都像是我的亲人

一次次，向大地鞠躬

像一个朝圣者

山路崎岖

万物都有向上之心

5

当我气喘吁吁，站在半山腰回望——

一片郁郁葱葱的灌木林

没有脚印

也看不见来路

峰顶上，一座孤零零的亭子

被来历不明的风扑打着

6

黄昏流连忘返

我们荡漾在它的柔波里

山风微醺

扯着你的衣襟

那些叫不上名字的花草

排兵列阵，一路护送我们行至低处

黄河村手记

1

我的帮扶户王大妈

急慌慌地来到村部

央求驻村队员小李帮她捕一只麻雀

她拢起一缕银发说，寻几样东西给老汉治病：

一只麻雀、一百种鲜花、白狗的血……

她的老伴七十多岁，胆上挨过两刀

术后，胸前缀一个塑料袋

承接体内流出的黄色液体

年前，我们帮她销售了一头猪

还收购过她家的土鸡蛋

那天，她气喘吁吁抱来一满怀玉米棒

笑盈盈地说，自家种的甜玉米，你们一人一袋

细密的汗珠像草尖上的露水

顺着她落满银霜的鬓角

流了下来

2

四十来岁的人

不种地，不喂牛

成天东游西逛

不搞养殖要铡草机干啥

扶贫政策这么好

你看看人家都发展产业致富

你这样坐等靠要，害不害臊……

我们斥责低保户张宗平

他红着脸嗫嚅着说，养牛就把人栓住了，再说
　　日子也能过……

项目验收去花麻咀

他向我汇报，今年种了15亩玉米，还有几亩甜
　　菜，我带你们看看能不能验收。

说话间，充满了深深的自责

3

听见狗吠，刘大妈踮着脚从院子走出来

满脸堆笑说，家里卫生都收拾好了，你们快进

　　来看——

房台上的垃圾不见了

砖铺的地面拖得干干净净

屋里焕然一新

我欣慰地表扬了她

她抱歉着解释，我就是腿疼，走路不稳。

李书记，你安顿的话我都听……

她与我母亲一般年纪

此刻，温顺得像个孩子

4

多次督促黄国峰打扫卫生

他难为地说，家里养牛多，地里还要忙活，我

　　一个人顾不过来。

五十多岁的他，大多时间鳏居

妻子年轻时改嫁

儿子务工，两个女儿上大学

后来，我们组织人员上门打扫

他笑嘻嘻地说，现在政策真好，家里啥都不

　　缺，就缺一个女人，你们看能帮扶一下吗？

他的短板不仅是家庭卫生，还有缺失的爱和难

　　以抵御的孤独

"老黄，有合适的，我们帮你留意"

听到这句话，他浑浊的眼里燃着期许

5

自失踪多年的儿子被公安机关遣送回来后

黄全雄老汉整日叼着一杆烟斗

在村道上来回溜达

吧嗒吧嗒　一边心不在焉地吮哑

一边陷入忧思

嗜酒如命的儿子

挥霍完玉米变卖的三千多元后

拾起半截空酒瓶

对着老父的脖子威胁道：

"再拿不出钱来，就要了你的老命"

在一个月黑风高的冬夜，疯癫的儿子醉酒后

坠下山崖——

现在，黄全雄老汉依旧提着那杆上了年纪的烟斗

在村道上来回溜达

吧嗒吧嗒一边心不在焉地吭哂

一边陷入忧思

6

初见黄全龙，他喝醉了

大闹村委会，要求村上"帮他度过难关"

——他常年在外，酒后肇事落下残疾

妻子与他分道扬镳

一年前，他带着儿子回到黄河村

秋后，我们去黄全龙家走访

他正在接新房的电路

恭敬地招呼我们

全然没有那副蛮横的模样

"刚拉回来一头牛，圈在新盖的牛棚里。

今年包了45亩地种玉米。你们等着看，再有两

　　年时间，我就能翻身"

他信心满满地说

其时，黄全龙已然成为一名尽职的护林员

父子二人纳入低保

7

他挪着脚步汗淋淋地走来：

诉说自家土蜂被外来者欺咬一事，要求村上出

　　面赶走或索要一些赔偿。

我一边答应着一边在心里盘算这件事

裤兜里摸索出50元现金

硬塞进他的衣袋

时隔半年，接到他儿子的求助电话：妻子身患

　　癌症，老父病危。

一位耄耋老人在弥留之际念叨：李书记是个好

　　人，她给了我50元……

十里八村　　见过他的人

都知道这件事——

蓦然，像有什么东西卡在喉咙

令我凝噎

8

他的母亲指着他抹泪

——媳妇嫌挣不来钱

——打工砸断了腿，老板跑了

他回来了

小时候

他为了爬到悬崖上摘酸溜溜

摔断了肋骨

……

城里租住的房子要拆迁

两个孩子要生活费

妻子在电话里不停地谩骂

他杵在那里

一点一点矮下去

如一粒尘埃

9

新居落成不久

黄全林迫不及待地

从窑洞搬了过去

他亲手裁纸，写了一副红彤彤的对联

贴在大门两侧

上联:共产党选定吉祥地

下联:习书记送来幸福门

横批:党徽高照

新房的中堂上，赫然挂着

毛主席的巨幅画像

入户那天，他翻箱倒柜

找出一套泛黄的《毛泽东选集》

对于我强烈的求购愿望，他断然回绝

10

年关将近，积雪浩浩荡荡

当我们把慰问品送至黄如汉家时

被时光磨损的他

陷在一张旧沙发里

几欲起身都没有成功

他受宠若惊地表达谢意：哎呦！

米袋子都扛到家里了……

他五十多岁的儿子刚刚病逝

今天出殡

老伴一把拉住我

哭个不停

嘴里不停念叨：让我老婆子咋活呀

握着她枯枝般的手

半晌，我竟搜不出一句安慰她的话

11

环境卫生评比活动中

蒋忠莲被评为最差户

我们组织人员上门集中整治

并动员她入住新房

她一脸不悦，嘟嘟囔囔说些什么

我们帮她搬东西

她堵在门口，不让动

杂物不让清理

再次上门，我们送去被褥，打理好炕铺

安装好取暖的炉子

挂上崭新的门帘

她羞涩地笑了

表示配合我们工作

她患有智力障碍，丈夫早逝

育有一儿一女

据说，儿子外出务工失去联系

女儿在银川做幼教

12

在控辍保学行动中

我们去了台卫全家

他的女儿台小倩看见我们

像一只不安的兔子

拽着父亲的后衣襟

躲躲闪闪

乱草一样的头发蓬在一张稚嫩的小脸上

她的哑巴母亲，低着头

像一块石头搁在凳子上

台小倩从小患有自闭症

很难与人交流

一次，又一次

经过村委会和驻村工作队

反复沟通，与校方协商

这次，我们专程谈谈

送教上门的事

13

手机镜头前，张世科夫妇显得羞涩、拘谨

他向老伴靠了靠说，我们还没合过影呢

然后正了正自己的衣服

无限怜爱地看了看身边的老伴

一脸认真的样子

半年后，她的老伴病逝

——她并没有看到那张合影

不知为什么，每次去他家

我都心存愧疚

我没有告诉他们，那是一张上传到

贫困户信息库里的合影

14

她拿出一摞病例单给我展示

像一张张告密者的嘴巴

又像一把把悬在她头顶的钝刀

眼前这个枯朽的女人

用手术对抗脑瘤

用药品抵御危机四伏的乳腺癌

而腰间盘突出

膝关节积液

令她挺不起腰身，行走困难

这些年，她用眼泪调和苦不堪言的生活

是的，她就是活脱脱的耶稣

被钉在生活的十字架上

受难

15

见到她时，铡草机已在数月前

吞掉她的右臂

她没有向我们描述疼痛与苦难

也没有向政府索要低保

这个朴实的农妇，请求我们出面

协调盐化工厂

给她安排一份力所能及的活计

（在这之前，她是盐化工厂的一名叉车司机）

她眼里跳动的灯火

是我许久未曾见过的

武功山记

1

一簇黄色的小野花

静静地站在半山腰，目送我们

向山顶攀缘

它伫立成一尊尊慈眉善目的佛

我们隔着缆车

隔着云天外的世俗

2

年老的挑夫埋着头

把扁担从左肩移到右肩

又从右肩移到左肩

却始终不肯坐下来歇一歇

他佝偻的身影

丈量山脚到山顶的高度

日复一日，他把太阳从山的这一头

挑到山的那一头

3

是什么样的机缘

让一场细雨提前抵达武功山

当嗅觉被唤醒

湿漉漉的绿意中，林珊一路给我指认：

丝瓜花、白玉兰、柚子、法国梧桐……

站在一棵柚子树下

我们像两种不同的果子：

来自南方的柚子

来自北方的梨子

4

天空是一幅动态的水墨画

执笔的马良隐在云雾中

此刻，坐拥草甸和群山的人

是幸福的

火红的七月啊

如此磅礴——

风是你的

雨是你的

夜晚的星空也是你的

5

你有没有像我一样

在武功山上扯一抹晚霞

在观景台前迎风歌唱

与一只慵懒的野猫逗趣

当黑夜统治了一切

那些散落在山顶的小帐篷

闪烁璀璨的光

多像夜空中坠落的

小小星辰

诗意的生活，值得向往（后记）

写诗于我，纯属偶然。

几年前，在遭遇父亲猝然离世的沉痛打击后，我沉浸在悲伤中难以自拔。随手翻开一本《原州》杂志，无意间看到玉上烟的《与父书》："爸爸，见你之前/我在半山坡的槐树林走了很久/人生至此/一草一木，都让我珍惜。""爸爸/再过几十年，我也会这样静静地躺下来/命运所赐的，都将一一归还/那时,除了几只起起落落的麻雀/或许/还有三两朵野花/淡淡地开。"

这首诗虽然只有短短十几行，却使我深受触动。在一遍遍投入地阅读揣摩中，我产生了以诗歌的形式表达自己内心的冲动。于是，我的第一首稚嫩的诗《父亲》就这样诞生了，并与另外几首短诗被《原州》杂志刊发。自那以后，偶尔捕捉灵感，信笔书写一些记录心情的文字，也算不得诗。

后来，通过参加各种文艺培训，我的文学素养得到明显提升。记得一次培训会上，梦也老师引用了一句名言"人的一生有两次生命的诞生，一次是肉体出生，一次是灵魂觉醒"，这句话瞬间点亮了我心灵深处那盏黯淡已久的心灯，并使我意识到自己灵魂的觉醒。自那次培训后，我以诗歌为主展开大量的阅读，并将自己喜欢的诗句一字一句眷抄下来，养成每天书写的习惯。这样坚持了半年多，我的写作突破了瓶颈，有了很大提升。与此同时，我不可救药地爱上了诗歌，并深深地痴迷其中。

我时常想，诗歌给予我的究竟是什么？也许正如博尔赫斯所言："我写作，不是为了名声，也不是为了特定的读者，我写作是为了光阴流逝使我心安 。"生活中，我喜欢一个人独处，享受独处时的那份安宁与平静。诗是一个人的梦呓，是最好的陪伴和倾听者，它可以安放爱与疼痛，孤独与狂喜。诗歌创作充满了未知的想象与可能，当笔墨落在纸笺上之前，你永远不会知道一首诗的开端和结尾在哪里，也永远不知道下一个句子会因什么灵感而发。当一首诗歌经过无数次打磨，我欣喜于这独一无二的创造所带来的奇妙体验。

我们只身来到这个世界，在这短暂的一生中，无法带走什么，也无法留下什么，但文字的留存让生命的痕迹永存。海德格尔说："向死而生，向诗而生。"当我徜徉在文字的海洋，感受那不断涌起的狂澜与抚摸……内心感到充实而饱满。

自2019年至今，写诗已有五个年头。五年来，诗歌以它独特的方式深深吸引着我，用一种朦胧而又无法描述的愉悦，鼓舞着我在一行行诗句中寻找另一个自己。在诗歌面前，我永远保有一份天真与热情，以一种平实而单纯的视角凝视这个世界，以及这里的一砖一瓦、一草一木。

诗歌让我拥有了表达自我的语言，让我的远方有了归途，让我仰望只属于自己的一片星空。在笔墨交融的刹那，我会沉静下来，沉静到只能听到世界和灵魂纵深处的声音，像一位音乐人，将这些零散的音符打捞起来，编织成余韵悠长的歌。在诗歌里，我和另一个自己相遇，度过了属于自己的另一种时光。

"没有诗意的生活是不值得一过的生活，而诗意并不遥远，你只需静心感受，就能被它笼罩"，情感是写作不竭的动力和源泉，只要你伸出诗意的触角，一切皆可入诗。人生有很多偶然，也有很多必然。当灵魂找到了栖息地，当生活被赋予更多的诗意，每天都是全新的一天。

　　　　　　　　　2024年2月于固原